Une erreur de potion

Premières lectures

*** Je commence à lire tout seul.**
Une vraie intrigue, en peu de mots, pour accompagner les balbutiements en lecture.

**** Je lis tout seul.**
Une intrigue découpée en chapitres pour pouvoir faire des pauses dans un texte plus long.

***** Je suis fier de lire.**
De vrais petits romans, nourris de vocabulaire et de structures langagières plus élaborées.

Isabelle Rossignol a toujours rêvé d'être une sorcière... gentille. Alors, elle l'a inventée. Mais comme elle adore les blagues, elle a aussi inventé Suzy. C'est un peu elle quand elle était petite. Aujourd'hui, elle est grande (mais pas vieille) et elle vit à Paris. Elle adore cette ville. Elle adore la vie. Et l'écriture bien sûr!

Julien Rosa aime bien les sorcières. Quand on fait une bêtise, elles savent toujours la défaire. C'est pour cela qu'il a pris plaisir à illustrer SOS sorcière.

Responsable de la collection :
Anne-Sophie Dreyfus
Direction artistique, création graphique et réalisation : DOUBLE, Paris

ISBN : 978-2-218-97035-1
ISSN : 2100-2843

Loi n° 49956 du 16 juillet 1949 sur les publications destinées à la jeunesse.

Achevé d'imprimer en France par Clerc
Dépôt légal : 97035 - 1/01 - mai 2013

SOS sorcière

Une erreur de potion

écrit par Isabelle Rossignol
illustré par Julien Rosa

HATIER POCHE

Suzy, sa famille et ses amis sont des sorciers.

Rose est la plus forte et la plus gentille des sorcières.
Elle sauve tout le monde.

1

La réflexion

Suzy est dans sa chambre avec son amie Marion. Elles se sont retrouvées car Marion a un problème.

«Regarde!», dit Marion.
Elle montre son cahier de dictées à Suzy.
«J'ai des zéros partout. Et si ça continue, papa a dit qu'il me supprimerait mon vélo-luge.»

La punition est terrible!
Suzy se demande donc comment aider Marion.
«Tu pourrais apprendre des mots par cœur, propose-t-elle.
– J'ai déjà essayé, soupire Marion.
– Peut-être faire des dictées tous les jours», conseille encore Suzy.
Marion fait la moue.

Alors Suzy continue de réfléchir.
Quand soudain...
«J’ai trouvé! s’écrie-t-elle. Viens!
Allons dans l’atelier de magie
de mon papa.»

2
L'invention

Sans faire de bruit, Suzy
et Marion traversent le couloir.
Puis elles courent dans l'atelier.

Une fois la porte fermée, Suzy ouvre un livre. Un autre livre. Un autre encore. Au quatrième, elle s’écrie enfin :
« *Encrum magicum*, voilà ce que je cherchais. »

Sans tarder, elle commence sa préparation. Elle mélange de l'eau, du sel, des mots en poudre et quelques pattes de mouche.

« Tu crois que ça va marcher ? s'inquiète Marion.
– Mais oui ! la rassure Suzy. Donne-moi ton stylo : c'est prêt. »
En faisant bien attention, elle glisse l'encre dans la cartouche.

3
L'essai

« Maintenant, on va faire un essai », dit Suzy.
Elle tend une feuille à Marion.
« Tu vas écrire : "vacances". »

Entre les doigts de Marion, le stylo bouge calmement. Et, sur la page, il écrit le mot.

« Hourra ! hurlent-elles.

– On fait un essai plus difficile, suggère Suzy. Écris : “On part en vacances.” »

Entre les doigts de Marion, le stylo bouge calmement. Mais une fois sur la page, il sautille comme s'il avait le hoquet. « Qu'est-ce qu'il a ? », demande Marion.

Suzy inspecte le stylo.
«Tout est normal, dit-elle.
Recommence!»
Marion reprend le stylo. Mais, cette fois, il écrit sans s'arrêter.

À la fin de la feuille, il poursuit sur la table. Puis sur la chaise.
Marion ne peut plus le contrôler.
Malgré ses efforts, Suzy n'y arrive pas non plus.

Il ne reste qu'une solution.
De toutes ses forces, Suzy crie :
«SOS sorcière!»

4
Sauvée!

Dans le ciel, la moto de Rose apparaît. Et, bientôt, elle se gare dans l'atelier.

« Me voici me voilà, dit Rose. Que puis-je faire pour toi?

– Regardez! se désespère Suzy. »

Horreur! le stylo écrit sur les chaussures de Marion. Il monte même sur ses chaussettes. Heureusement, Rose chuchote une formule. Et il s'arrête.
«Ouf! dit Suzy. Mais sans stylo magique, Marion aura encore de mauvaises notes.»

« Racontez-moi tout et je vais vous aider », dit Rose.
« J'ai suivi la recette de l'*encrum magicum*, explique Suzy. J'ai mélangé de l'eau, du sel, des mots en poudre et quelques pattes de mouche.
– C'est parfait, conclut Rose. Tu as juste oublié les ailes de canari en fin de cuisson. »

De sa salopette, Rose sort cinq pots en verre. Puis elle fait apparaître son chaudron de voyage et elle prépare une nouvelle potion.
« Voilà ! déclare-t-elle lorsqu'elle a mis la nouvelle encre dans le stylo. Tu peux l'essayer. »

«Je veux bien, répond Marion.
Mais qu'est-ce que j'écris ?
– SOS sorcière ! », s'exclame Suzy.
Et le stylo écrit sagement.

«Merci, se réjouit Suzy.
Vous nous avez sauvées !
– C'est normal, répond Rose.
Mais, à l'avenir, n'oublie plus les ailes de canari.
Au revoir.»

jeu

En observant les dessins, cite les ingrédients qui composent la potion **encrum magicum**.

Solution : eau, sel, mots en poudre, pattes de mouche, ailes de canari.